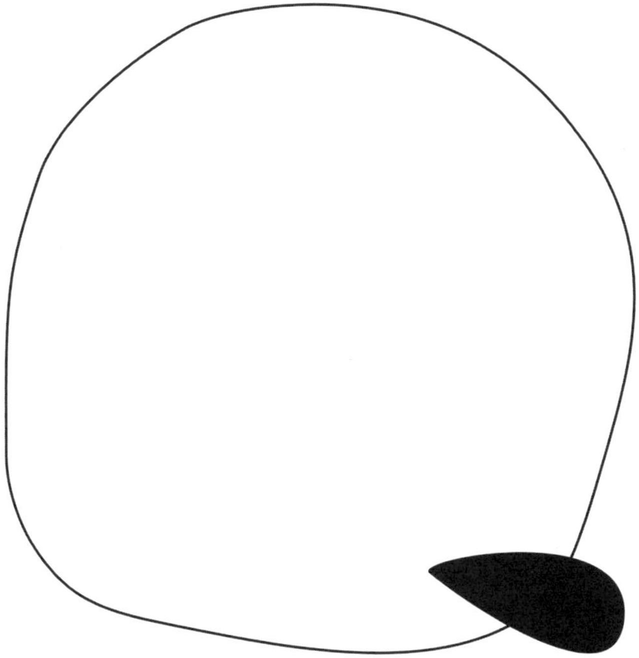

愛人蒸他的睡眠

陳顥仁

推薦序

情不知所起

——序陳顥仁《愛人蒸他的睡眠》

張寶云

（不動聲色地，暗中將感知偷換成日常景象、回憶、幻視或修悟。）

顥仁來面試華文創作所時，我翻開他的報考資料後就在心裡嘀咕這種人為什麼還要來考我們學校？結構沉穩、語感明淨、抒情深致早已是詩語言高手，況且還有大獎加持擁戴，我忍不住問他來到此地是想踢館嗎？

後來我發現他像是一座移動的裝置展或樣品屋，各處充滿了以設計概念安放的細節，這也許和他東海建築系的背景有關。我們陸續在課堂上讀了羅智成、顧城、夏宇、余怒，試圖解構一下語言裝置空間裡的固有結構，像是一次實驗計畫，顥仁決定拆卸原先輸送帶式、生產線式的語言操作機制，看看失去這座語言工廠之後，加上新增的後山生命體驗，是否會萌發出新異的材質和語境？這個實驗歷程我大約就近觀看了兩年，這本詩集和未來的某些詩集，可能都是在拆遷原先的建物之後，新茁長的語言居所。

因此如果你翻開這本詩集的目次一時間怕是無法看出它們前後相生相成的脈絡，在此期間所創造的詩篇，它們分別被移動到前後兩個較大的區塊是「房間詩派」和「愛人骨頭」，中間有另外兩條參觀動線是：「熱牛奶」、「（一張翻唱專輯）」及「窗景」、「（桌上的黑盒子）」，或許你將率先發現這個詩語言裝置場域充滿當下文青的生活感，你會在無意間走入台灣九零後世代的愛情場景，有可能極為個人、極為私密，也有可能那正是九零後在對世界說：是的，那便是我們的箱型房間，那裡有個愛人，正在蒸他的睡眠。

（經過上述最初的導覽，讀者可以選擇先暫時放下這篇導言自行參觀，或者像是戴上耳機，繼續聆聽一點說明。）

如果你吃便當的習慣是喜歡把雞腿放在最後才享用的話，建議你可以把前後兩輯先擱置，從「熱牛奶」進入，裡面有一首〈和你睡覺的第一個晚上〉也許會引起你的注意，「你的眼鏡懸在山谷／月亮困在窗戶／巨大的飛車軌道橫亙飛越／撞入長方形的湖面／偶爾發亮／當神查閱時間」，文字從日常轉進心象的描述，身體性的畫面被重塑成寬闊的景深，似避開了直球對決的顯露，而以婉轉之筆曲繞到現場延異的想像之國，讀者擺盪徘徊在虛實之間，情感隱隱地成為一種若即若離的訴說。

「（一張翻唱專輯）」切換頻道與夏宇的空間聯結，夏宇的詩幾乎也多數是情詩，顯仁與前輩之間的互文性突然顯現出張力，「夏宇說除了天才你們／都在進步你們是／口吃訓練班／令人心酸」，所以這世界充滿薛西佛斯式的來而復去的徒勞，情感、身體、詩藝終將是一則又一則的懺悔錄是嗎？

另一條參觀動線則拉開視野去到「窗景」和「（桌上的黑盒子）」。「窗景」和「黑盒子」看進去是關於外部世界的田野調查，〈火的運動〉說：「火掉落在我們身上／裡面和外面都是灰燼／燒破世界的沙包，從裡頭伸出手來」，不曾直接參戰過又彷彿參戰過的九零後，網路使我們與世界同頻呼息，然而自我的位置在那裡？什麼是我們與世界真實的距離？火的運動和其他運動是否真的與自我相關？我們既像是旁觀又像是在場，窗景幻變如失憶，我們被各種災情輾壓，第二天睜開眼睛，我們似從他方涉足歸來醒在自己的床邊，忽而又進到下個劇場，說出另個劇目的另一套台詞，有一首長詩〈花田〉：

貝殼裡有種籽
那一年海帶來了漫山的罌粟
男人帶來了旱地、星星
和他的眼睛

（你怎麼即將愛一個男人並跟著
撿拾他的等高線）

我們在愛裡生活、劇場化它，也在愛裡探詢、思考存在因愛所產生的辯證、敘事、質變，我已不再是未曾愛過你的我，「石頭都重新滾動／愛是行走／如此緊繃／／你記得男人的頭髮／他背上的下午／以及他腳背的山頭」，愛如何謝幕？愛如何形成箴言詩語？愛是否在光暈中消散？

於是你再一次回頭翻看前後兩輯的詩篇，那些短句節制、暫住、錯接、短如匕首，瞬間刺入意識的間隙，待你思量後回神，才慢慢沁出意味；又或者被各種精裁而懸置於半空的字句引起各個方位的設想，你將慢慢遞轉意義到一個合適的方向（或困頓的方向），似與此兩輯的詩篇達成協商或齟齬，那不定是詩人片面造成的，更可能是與讀者共構的。

「房間詩派」裡有太多可以盤桓的語句，事件本身或許被詩人個人的經歷籠罩而形成獨特的視角及詮釋發展，讀者未便能夠輕易置喙，然而那些感觸及思考，又像是多數愛人時候的自我測繪，並不一定有確切的判準，過去一切奮不顧身的念頭人去樓空宛然成為可疑的擺件，在生活中悄悄褪去，〈煎鍋〉說：「愛的時候像美眷／不愛的時候像流年」，誰不是那樣呢？愛的時候是心口的硃砂痣，不愛的時候是一抹蚊子血，然而美眷、流年卻更有一種古典的情懷是不合當下的、是更時移事往的。

〈愛的〉「3.神」中說：「神在哪裡／神替我們受彼此柔軟的刀」，從親密的第二人稱「你」、到介入第一人稱「我」的日常，再到合為一體的「我們」，「神」的語意不再確切指稱宗教意義上的神明，「神來」「神往」把天界的「神」流轉至「精神性」的形上意味，而這精神性的國度卻是由愛人的雙方所合攏的世界，詩人說：

曾經卡住的也曾
被輕易轉開
有時候如雪
從身體裡面下出來
一個早晨
滿地的夜晚

整個愛情的精神性家園不斷移向思想的前方，而成為作者幻視的景觀，那裡所闢建的工程營造出一方天地，「我們柔軟的刀」會是什麼？會是割除野草的刀？還是一把感情的刀？亦或是身體性的暗示？但是否會因為「柔軟」二字而稍減「刀」本身的銳利感，使意味變得更加迂迴？

顧城說：「我把刀給你們／你們這些殺害我的人／像花藏好它的刺／因為　我愛過／芳香的時間」，「芳香的時間」與「神」如同一體之兩面，各自表述內在的情感經歷，而最後一輯的「愛人骨頭」則令我想起鄭愁予〈秋分柳〉序語：「如果我是樹／如果風箏投身來戀而終于／戀成裸的骸骨」，在情愛時間中的神識與形體如何能夠死生以之？亦或最終隨風煙滅？愛人骨頭「劈哩啪啦響／／傾頹的關節／還在轉動／剛做完愛的遺址／接近三點鐘」（〈下午〉），當一段戀情已至淪肌浹髓、「四肢鼓脹／死在我們裡頭飛翔」（〈向晚行走〉）、「只好一次性的濕透所有關節之後／等月亮走」（〈閒愁〉），愛似已成為重擔、悲劇，又倒轉為一種風情，卻深埋在體內暗處，時不時觸碰就痛、醒時就悟、愛時便嘆惜，顯仁的身體性至此全然打開，向虛空訴說全副的戀心，即便這只能像是自我道述、自我仿擬和自我的一次拋擲，然而情不知所起，只能一往而深。

把「愛人骨頭」放在詩集的最末並不像是一則結尾，反而引起懸念，像是另一段愛情故事的開頭，奧修曾說：

> 這就是我說的靜心。靜心就是，你清空一切舊有的、被教導的、受到制約的事。然後你有所領悟。或者應該說：你有一個領悟，新的領悟誕生。但你必須經歷許多痛苦，許多掙扎。因爲你活在一個特定的社會、特定的文化裡……，你已經是這個文化裡的一部分，那就是爲什麼成長會痛苦，因爲文化試圖不讓你成長；它要你保持幼稚。它不允許你的心理如同生理一樣成長。[1]

我們可能會在詩裡要求思想，即使是抒情詩也不例外，那是所有讀者渴求的禮物，然而詩人卻不容易在詩裡給出思想的贈答，除非成熟的詩人可以用詩語言給出成熟的情愛之果，我們必然要在生命現場裡發生，詩之思或許才得以應運而生。

抒情究竟是什麼？在瀏覽完顥仁《愛人蒸他的睡眠》所展現的詩意空間以後，也許我們對抒情的叩問才真正開始。

＊本文作者張寶云教授，任教於東華大學華文文學系，著有《意識生活》、《身體狀態》等。

1《愛》，奧修著、Zahir 譯，台北：麥田出版，二〇一一年，一〇〇頁。

推薦序

愛是建築工法

——讀陳顥仁詩作

林餘佐

陳顥仁大學就讀於建築系，其畢業作品為「建築的詩實踐——施工圍籬敘事」，在二〇一九年建築系畢業設計的社群平台中，陳顥仁這麼說著創作理念，或者也是對自身的詰問：

什麼是建築?什麼又是建築裡的詩?
當「詩意的」變成一個籠統的形容詞，如何找回眞正的詩血統?

建築當然是帶著詩意，無論從人地關係的互動，到生活起居氛圍的營造，建築與詩一直維持著某種良好的角力，相互取徑，以搭建完美的物件。再者，在詩行中調度意象，就如同搬運著建材，需要技藝也需要詩意。試著從陳顥仁同一期其他同學的建築畢業設計來看：「被擦除的路徑：複寫阿里山森林鐵路」、「勞動之城」、「TSA Terminal 3 一座沒有飛機的航廈」，由這幾個創作名稱，我們似乎可以猜測這個畢業展的屬性：建築在真實世界中的幽微地景，是如何影響著城市裡的人們——以一種抒情的方式。在二〇二一年陳顥仁以建築詩集創作計畫《二次竣工手冊》獲文化部青年創作補助。從題目看起來似乎是在其大學畢業作品後的延續、增建，從「施工圍籬敘事」到「二次竣工手冊」，都可以看出建築領域是陳顥仁在創作上的地基，即便並沒有實際觀看這兩個作品，但似乎可以從地表上殘缺的遺址：鷹架、水泥、圍籬看出陳顥仁的心靈地景、空間詩學。

在陳顥仁的最新詩集《愛人蒸他的睡眠》中，顥仁並沒有實際描述、搭建什麼龐大的建築來展現他的詩意，反倒是透過日常生活的零碎畫面，來營造不斷流動的詩意，在日子的縫隙裡將一個又一個的零星建材，堆疊成精神性的景觀。詩集的第一輯「房間詩派」便是這樣的展現；房間裡的擺設、物件全然是直觀性、精神性、內在性的存在，似乎脫離了現實物理上的實用性，顯仁反倒是汲取／賦予物件的抽象意義，試看以下幾首作品：

所有可以被旋落的地方
都被替換過
銅線攀過山丘
愛的時候
長出骨頭

——〈燈泡〉

每天早晨做早餐
從蛋裡頭打出來的那個人

愛的時候像美眷
不愛的時候像流年
——〈煎鍋〉

愛人蒸他的睡眠
那麼專注
忘記時間
——〈電鍋〉

這幾個物件再平凡不過，但顯仁能在平凡的物件中抽換實用意義，轉而著重描寫這些物件的詩意情境，在顯仁的筆下，愛情是一切詩意的藍圖。從燈泡的替換，直接接著寫愛與骨頭。骨頭的增生是成長過程的痛，但因為有了愛，這一切有了光並且值得忍耐。在人類的演化過程中，我們善於發明工具使生活變得便利，然而煎鍋一詩，則將愛情置入日常勞動中，無論是愛情裡的「美眷」或是令人苦惱的「流年」都從一顆蛋裡誕生與揭曉。最後的電鍋，專注的戀人與不斷上昇的蒸氣，這一切的詩意流轉在時間之外，彷彿在場卻又抽象得像是另一個時空，於是顥仁說：「忘記時間」，於是他在自己劃出的時差中，縮放、捏造自我與世界的聯繫，依照他獨特的建築心法，打造一個愛的詩意空間。

陳顥仁的整本詩集裡，愛佔有一個絕對的位置，像是金字塔的頂端，如同前述的燈泡，居高臨下、發著光，然而顥仁在燈下卻照射出自己的陰影；在愛裡他的抒情主體似乎處於被動、劣勢。試看〈黃昏〉：「愛一個人／在夜裡把詩一首一首地寫／頭劇烈地疼／打開是一次黃昏」，為了愛一個人忍著頭痛寫詩，而將整個世界中最美麗的時刻——黃昏——融入體內放入腦中，只為了流洩出美好微光的詩句。這樣以「去愛人」作為詩意主軸的作品還有：「愛一個人／手掌貼到地板／筋那麼軟／不覺得痠」（〈極限〉）、「用身體愛人／常常受挫／我也有一個／你在別的地方」（〈它也常常提出異議〉），這裡的愛的能動性往往一啟動就有受挫的可能，像是以瑜伽方式去試探愛的極限。這樣的情感模式以〈挖土〉一詩作為代表：

在睡著之前或是
醒來之時
想念一個人
我也用盡全力
當黃昏終於結果
掉下乾燥的花萼

想念一個人卻不可得之時，只能用盡全力向內挖土，用力刨出體內的黃昏，然而黃昏與乾燥的花萼都是無法挽回的情景。

詩集中所描述的愛情，也有歡快的場景，像是〈竹子湖〉一詩，便是記敘與愛人一同騎著摩拖車出遊的日子。在這首詩顥仁展現出極高的技藝，將外在景物與內在情緒，十分貼合地縫合在一起，像是件合身的衣裳。其中有個意象值得一提，顯仁善於以「衣領」作為承載情感的容器；在《貳零貳零臺灣詩選》的詩人近況中，顯仁寫著一段與伴侶在摩托車上的對話，後座的他或許總是將視線停駐在愛人的頸子吧，那裡有著炙熱的血與慾。試看幾個句子：「你的衣領壓住後頸的陰影／縫起來的白色標線」、「盯著你後頸的植被下山」（〈竹子湖〉）、「我的領子裡收藏著你」（〈南方〉），「經過每一個風口／感覺到外套、褲管和領子」（〈形成〉）。衣服與身體的親密關係，彷彿能揭示著來自生活中的愛與意念，這在〈布質宇宙〉這一詩中，有著完整的闡釋：

（……）
夜晚滾動
我們也曾以身相扣——
不虛構
不鬆脫

宇宙是布質的
肉身相縫

宇宙像是一匹精美的布，顯仁以肉身去丈量、裁製屬於他與愛人的版型。他們以肉身扣住彼此靈魂的欠缺之處——不虛構，也不鬆脫；緊緊鑲嵌著。最後他寫著：

領口
袖口
熨燙過後及抖擻
針尖與纖維的緊縮
毛孔
襯進毛孔——

某一個夜晚
不正不反
骨頭都漿過
作彼此的補丁

針尖與纖維都襯進毛孔，彷彿愛是一件體面的襯衫，顥仁與愛人彼此成為對方的補丁。

我覺得在《愛人蒸他的睡眠》中最好的詩作都呈現一種純然的特質，沒有太多的裝飾，像是極簡的風格，展示著顥仁的精神景觀，就如他的句子寫著：「世界是一個純然的地點／而你是一個純然的念頭」（〈夜車〉），這種純然使人珍惜。

＊本文作者林餘佐先生，詩人、東海中文系助理教授，著有詩集《時序在遠方》、《棄之核》等。

名家推薦

陳顥仁的詩語言十分清簡，意象日常又鮮明，讀起來彷彿有一把小錘子在心上鑿出一排洞，很有勁道。「一個早晨／滿地的夜晚／透明的野草五十公分高」，撥開草叢向詩集裡面走去，感覺那野草邊緣的銳利。

——學者、詩人　楊佳嫻

或許是更年少的時候，誰都有過這樣真心的生活：好奇，仔細，即使常常落空，容許很多沉默，隨和應付世界，保持乾淨笑容。偶有少數瞬間，和人閒談觸及真正在乎的事情，不小心就嚴肅起來，但同時彼此都知道，那碰觸神聖奧秘的一瞬，自己是能夠飛翔的、並且願意溫柔。

敏銳的感知、舞躍的聯想，在敞亮的白色小屋裡、俐落地練習敘事的極限運動。顥仁的詩很容易引人想像那些太過理想的生活願景：默默有人可愛，事事都有可能——深刻的故事裡留了一個空房間，住著專注、耐心的伴侶，只尋求樸素的暗示與指引，給你最多餘裕、足夠的安全感、以及要有便有的孤僻的自由。

閱讀這些簡潔、卻對生活滿懷情意的詩作，是我過去一年來最好的詩閱讀體驗。並不容易理解，但更接近真實：彷彿是比原作更迷人的那種二創——骨架清晰的現實世界，能一再打散重組；定義明確的生活承諾，也可以耐心重複解讀。一樣的曲調，更簡單的編曲，唱得和原唱一樣好聽，那歌裡面，隱密地縫入了一點時間送給我們的傷心。

——詩人、作家　林達陽

詩人睡在物質的床上，四腳看來穩固，四腳跑得也快，無所不在的夜晚搖動了質地：一面（是）醒，一面（是）睡。森林倒臥，鎖被聲音旋開。他說：「透明的野草五十公分高」。身為愛人要是精算的，一個、一次、一場的度量，以有限製造完整。但「一」

也是一再：重複無盡的盤點與捨棄，半熟著、忍讓著、通行著。在現實的人來人往，詩意的神來神往之間，顯仁顯然找到了適當的音量與精靈，在難免疼痛的愛人骨頭裡，有一類純然隱密的發揮。

——詩人　馬翊航

陳顥仁的詩歌展現了「愛」的多樣位面（Plane）：物質、精神、肉體、夢。《愛人蒸他的睡眠》的每一輯都是一種位面，有各自的集合，也有各自的獨立事件。讀者可以度量其中的異質，或者尋找之間的聯繫——因為遲早有一天，我們終將抵達與愛人共眠的沃土；在此之前，請來讀讀這本詩集，探訪詩行之中的繁茂與瞬間，尋找與自己相似的新世界。

——詩人　曹馭博

目次

序

一覺起來誰都沒有
什麼都沒有
時間碎在向晚的溫度裡
空氣有金屬的氣息

美麗的人都到海邊去了
我還以為在夢裡
誰為我打包一朵浪回來

雲四處地走
而天地潮紅

房間詩派

門

某些日子以後
我的詩只用一個句子開頭
像夜晚總在同一個地方
被太陽劃破

山是好的
我疼痛欲絕

黃昏

愛一個人
在夜裡把詩一首一首地寫
頭劇烈地疼
打開是一次黃昏

形成

愛一個人
穿過巷子
路跟路燈一樣彎折
我沿著你
經過每一個風口
感覺到外套、褲管和領子
拍在身上
像是一個下午
我擁有完整的皮膚
像是海

沙灘那樣子的
我盯著你
而你在那個下午形成

極限

愛一個人
手掌貼到地板
筋那麼軟
不覺得痠

它也常常提出異議

用身體愛人
常常受挫
我也有一個
你在別的地方

挖土

在睡著之前或是
醒來之時

想念一個人
我也用盡全力

當黃昏終於結果
掉下乾燥的花萼

矛

愛人不在的時候
不去看海
不接近海邊

浪這麼長
只能被貫穿一次

夏日水池

你不在的時候
房間像個蓮藕
外頭有鳥
有土堆
花開得那麼刺眼
我只能一再穿過房間

闔門

被親吻的時候
我聽見啵
一聲
全部都打開了
光從四面八方來
光在流水
如此平坦
不會很快就天黑

愛

我有一個夜晚
你將它拉長

愛人三帖

1.

愛人還在遠方開會
我癱在桌前
四處運轉
抄光一本詩集

2.

詩寫得再好一點
體脂再低一點

愛一個人
應該比春分更前衛

3.

觀察一個傍晚
雷的行伍往山前進
雨這麼大
難保我的愛情不會滲到盆栽裡面

燈泡

所有可以被旋落的地方
都被替換過
銅線攀過山丘
愛的時候
長出骨頭

技術

像一顆蛋一樣
把心臟敲開一個縫
不能沾手
把你拿出來

煎鍋

每天早晨做早餐
從蛋裡頭打出來的那個人
愛的時候像美眷
不愛的時候像流年

晨起

用一扇窗子的口吻
說一早的天氣
不醒的話
放在木質的邊桌
邊桌有腳
但並不走路

電鍋

愛人蒸他的睡眠
那麼專注
忘記時間

路人歌

路樹窗花
午後的斑馬
雲交叉著醒
號誌睜開眼睛

日光款步
上你瘦削的玄關

在初冷的時候

在初冷的時候
聽民謠
在房間裡跳很醜的舞

在初冷的時候
洗一頓熱水澡
把房間打掃乾淨

初冷的時候
愛一個人
難辭其咎

棉被

天亮之前
花是無窮的睡眠
草是連續的時間
我不斷捲
太陽播放底片
我記住愛人的臉
再把它還給明天

愛的

1.夜晚

呼吸多麼薄弱
愛一個人
穿過宇宙

比金屬還恍若
輕輕軟弱
曾經神造過你的模具
你曾經先有過

不是跡象
你是所有的昨天

無法掉落
紛紛成熟
空氣裡坑坑洞洞
結滿水果

（吃果子老虎
紛紛連線
今夜是沒有鬼的小精靈）

叮噹響
星空的機台
雲的
順的逆的時針的話筒
穿過灰鴨毛管線
胡亂一陣睡眠
抵達漂浮電台

2. 早晨

早晨把我攪碎
那些胡蘿蔔
蘋果
一道光切開番茄
我的半個房間
半的春天
多的陽光結成籽
醒不來的時候
基調是頭痛的果香
我想起我的土壤
不斷發芽

不知去向

（一個早晨
把我打斷
我是兩截）

但這樣好嗎
把山忽略不看
把日子旋轉
像一首歌
頭尾相穿

這已經是我最大的流浪

陽光在旋轉
我沒有辦法

3.
神

有時候神來
有時候神往

曾經卡住的也曾
被輕易轉開
有時候如雪
從身體裡面下出來
一個早晨
滿地的夜晚
透明的野草五十公分高

神在哪裡
神替我們受彼此柔軟的刀

熱牛奶

自你所不知道的角度凝望你

故人依舊美麗
惟我留在這裡擦拭花瓶
窗寧几靜
你是唯一的聲音
水摩挲過玻璃
陽光摩挲過身體
而故人依舊美麗

夜車

為你，我穿越了一個夜的雨區
手錶被雨水溶蝕
時間成為洞穴
沿途燈火
我深知自己的方向一如
我深知我無處可去
世界是一個純然的地點
而你是一個純然的念頭

穀雨

時間垂蕤而眾雲飽滿
多麼壯盛的軍容
初熟的光

春天手持兵戎
抵住我最深的地方

雷終於應聲從喉結滾落
繳出一季隱忍的春潮

小蟲

在我們舌頭終於互觸那個時節
一隻小蟲從橋上
輕輕走來

繁花在下顎盛開
有風溫熱
我眼瞬長長的竹簾
咿呀咿呀地搖
牠要我
將雙頰發燙成春季的谷地

貝齒如山
說你會不辭千里地來

自此，小蟲在我的舌根種稻
即使是不見你的日子
咕噥的音訊裡，都有揉碎的酒香

信號旗

一直在很遠的地方
為你打旗子
從你跳下來的那一刻開始
風的池塘
穿過所有細小的孔洞
我的心
變成一隻笛子

列好一整隊的悲傷
替它們打好領結
漂亮的領結

等山坡將我升起
漂亮的夕陽

一長串整潔的夏天傍晚
因為我曾經聽見一次紅色的汽笛

和你睡覺的第一個晚上

夜裡火車開在手肘和手腕之間
高架在尺骨與橈骨
緩慢地
經過你的和我的
深藍色的涵洞
那麼微弱的
山水
你的手臂有溪的聲音
裡頭有溯溪的隊伍

及腰的芒草
輕毯與四散的枕頭
你的眼鏡懸在山谷
月亮困在窗戶
巨大的飛車軌道橫亙飛越
撞入長方形的湖面
偶爾發亮
當神查閱時間

約好碰頭
避過那麼濕熱而生澀的風洞
以及風裏頭
抗逆著文明的秘密之音

「誰完成了
第一次的交易」
在眉骨的嶺上別過
誰都別張開眼睛

第二個晚上

日子在暈眩
爬牆虎的綠色攀岩
根鬚如指
憂傷引體向上
從夜晚翻來
虛線的牆
釘滿深黑色的光

所有的毛孔烈烈翻飛
你的背脊的節

你的
肋骨你的傾斜
昨天燒滿明天的煙

白晝那麼扁
死亡那麼尖

被撐開的時候能夠看見
念頭是一個點
活著是對面
冷的時候就把冷放在旁邊
痛是瀕臨
那麼靠近

感官一次性墜毀
詩是顛倒的酒杯

覆在身上
像隆起的井
嘴被鑿開
我的喉骨是金色的轆轤
而金色是荒圮
你的聲音
曾到過我的地底

——睜開眼睛

感覺夜晚是白天的骨頭
醒來是
睡著的反鎖
翻一個身
我是
我是三月的固著

二十四小時的花店

我需要一間二十四小時的花店
看他們對話
從捷運走進山裡
那樣大的夜
我需要一支簡單的花

送給我的愛人
摩托車反覆經過
寧靜的店與柏油
我的愛人

還在遠方的車廂裡
因此我選中的花束
像一把馨香的鐵軌

那使我想像眾人的花房
以及深夜裡
唯一明亮的花田
那麼堅定的反對

近看是排列的黃燈泡
人工的上午
以及好奇趨前的月亮

一間二十四小時的花店
無關乎壞的或是終始
我的愛人教過我
愛是行為模式

當磚塊開始在街道上生長
一切都和光照有關

早晨

你抵不住的憂傷
都是輕輕
而細碎
像是漫漫長長的沙灘溫柔地就
困住所有海洋

咬

喝酒
你身上
長出麥子
我忍不住咬——
一大片土
把秋天嚼回去

竹子湖

你說，過了彎便遇雨
天氣的轉角
連著摩托車一起壓褶
沿著那麼
確定的虛線
雲被車在山上
你的衣領壓住後頸的陰影
縫起來的白色標線
那麼棉而帶點麻質的公路
你說過了彎便遇雨

途經四月的話
白色是海芋的山坳

你在半山腰上盛滿了水
狗躺在霧裡面
愛的時候
不急著看見
當濕氣打斷鏡片
帆布的溫室遮住眼睛
長出觸碰的鹿角蕨

帶點絨毛的季節
從彎裡回來

陽光曲著食指碰你
你說，五月被磨蹭久了
竹子湖在山上起藍色紫色的毛球
行人繞道閃躲
那麼苦惱而快樂的樣子
當路被柔美地癱瘓
我不動地
盯著你後頸的植被下山
那麼細軟而整潔的林相
你說九月將盡
我抓著把手
跟著日子晃進你隱約的背脊

難

我愛你
如雲層塌陷而終究難忍太陽一般地
露了出來

云何以我的清醒釘住你
煙霧狀的夢
銀針旁逸散不止
臉側如崖
不再追溯的我們稱之為海
過了今天的撫觸

都光亮如昨

過了今天，情緒不斷墜落
撞碎在山麓
我們不得
相互接住
因為我這樣愛你
這樣一場內斂的逼仄

深夜的霧

在深夜一場你不知道的霧裡
伸手的時候弄丟五指
擦拭窗戶
連房子都變得透明
整條街如同宇宙
冬季的浴室玻璃

你裹著一條浴巾
右腳踝
還不時滴落如路燈

穿刺地球的電車
引擎滾落山坡
耳朵聽見眼睛的雜訊
能見度只有
半個電視那麼遠
這麼暫時
窩在沉澱的另外一個方向

於是你用食指扣住我
啵一聲拉開
凌晨三點的檸檬啤酒

泡沫冒出來堆滿了椅子
那麼微量的一點打擾整個客廳殊不知
我們是唯一消長的靜物
費力呼吸並發出聲音
你逐漸乾燥的髮尾
如同黑色的天光
鞍在我的肩上

抵住腦門的月亮
肉身槍響
十指發光

是夜極寒

——所有的焦慮、躁動、不安、憂鬱、倦怠，都跟寒流攪和在一起，我幾乎聽得出自己運轉不良的喀喀聲響。

我幾乎要從喀喀的響聲裡聽出你來。
是夜極寒，火爐帶青，
我再也沒有剩下的肋骨可以取暖。

是夜極寒，
而黑風疾疾走過
我的睫毛都是凍壞的松針。

過境

1.

我聽說烏雲要來
如艟艨駛在空氣的海上，並且三百海哩
桌上的堅果一聲不響
沉默的盆栽吐著泡泡

恍若整個夏天都往椅背一倒
大氣也不換一口
巨大的正午裡夢也不迴
就這麼離開了。

書房的草開始抽長
我倒臥在漫長的花穗裡練習抽菸
我什麼故事都沒有
沒有一個故事願意留我
身旁的椅子像鋤頭一般插在土裡
徒勞一個夏末秋初的假日
百無聊賴的殷勤

2.

我看見烏雲正來
行伍整肅，抵著城市忙亂的海岸線
遠方沒有任何聲音
甚至沒有遠方

我只好起身著裝
再次和滿滿一個衣櫃的蕨類對峙
看誰先不小心鬆手
露出一場悲劇的線頭
「我想那不是潮濕的問題，是明白
我們都是為了失落而來」
終於備好了全身的呢絨，坐在窗外的石梯上
顯得多麼專注地等待
因為深知：所有憂懼的
都已經發生過，而此刻正等待的
必永遠都不會來。

3.

我聽說烏雲已經走遠了
借道整座枯冷的城市，舒張帆桅
卻一滴雨都不曾落下
紀律了一地的悶燥與憂傷
而我仍舊掃灑
翻植著下一季雪白的菸頭

南方

你要知道南方，南方
日光翻摺
樹的氣根懸吊著雲
我的領子裡收藏著你

過長的夢迴轉其事
逃與追共幕
沉溺與忘懷一室
互相欺疊
鼻息牽引鼻息

胸口貼住胸口

感官錯移
你嗅起來如同高山正流水
自鼻翼掩過
整個南方陰而藍
香草乾燥在河床而我在枕畔

日光終究再來
如毀約的神
使我不止地醒轉
使我深諳南方是等待
北方是離開

布質宇宙

理解一株草
以及草叢裡的一顆鈕扣

夜晚滾動
我們也曾以身相扣——
不虛構
不鬆脫

宇宙是布質的
肉身相縫

領口
袖口
熨燙過後及抖擻
針尖與纖維的緊縮
毛孔
襯進毛孔——

某一個夜晚
不正不反
骨頭都漿過
作彼此的補丁

即將進站

像這個
即將的夏天一樣
我的生活充滿盡頭

我有行走
就有到不了的、那麼靠近
你的憂鬱
在兩個降半音
活著和
一起活著之間震動

誰在我們身上
經過，多麼對不起
譬如弦樂器

譬如，鐵軌
都是藉著摩擦到達遠方
是吧
我看著你
摩擦自己
那麼快、要進站
的樣子
但車站每天都後退五十公尺
什麼時候輪到我

不接近月台
那麼微量的誤點
那麼客氣

那麼久的眼睛
我不看你的時候你是整本詩集

（一張翻唱專輯）

羅曼史作為頓悟

雨在比較靠近地面的時候
雨也有之前
語言通向下游的
平靜的馬匹
我們在彼此身上重複
疲倦但是幸福

摩擦・無以名狀

暌違多年再
挑戰
一次

被載走
所有的毛衣
一個熱冬天
我的
袖子澎湃

七分糖微微
的微微的汽缸
所有的字都在前進

Salsa

這是一個擅長
喜歡的年代但並不真的
喜歡我們認真盯著看
關於別人盯著的眼睛

夏宇說除了天才你們
都在進步你們是
口吃訓練班
令人心酸

我也喜歡睡到
下午當一天大勢都去
雲穿過
山我在山腳下
山和我都短暫醒來

第一人稱

在普通的夜裡看一部爛電影那樣子延續

脊椎之軸

大風慢走
將一粒沙壓進
另外一粒
平坦的僧侶

將太陽裝進月亮
你是中空的
玻璃烤火
帳篷裝酒

回想是漫漫的瘋癲
旋轉的脊椎
行路難
愛是竟夜的寶懺

窗景

半日錐麓古道記遊

山站著
遙遠的
鳥整理羽毛
花往山壁裡插針
太陽的絲
在風裡飄

躲在石頭裡說話
怕聽見
偶爾滾動

薄的蝴蝶
雲母張開翅膀
落在
樹的鞋尖
木質的疼痛
關於陰
上下
卡是在中間
歷史的錯位

今天走昨天
的疲倦是遺跡
快樂的堆砌法

死亡或
明朗的柱基
攀爬或裸露
都算
輕輕傾圮
山算煙雲
你吐氣
碰到回音

半日七星潭記遊

海不斷踩
風的短梯
上去
夾層裡
放著空椰子
雲的
碎屑
輕輕拍掉
山脈
薄片

有人洗
有人用來堆疊
乾淨的樹
有人不害怕

深處
石頭
一直到植物
折返
張開或閉上
或一半
各
一半

古老的浪
來回敲打
岸上有巨大的河豚

乾季木瓜溪岸向晚

冬天
一個拳頭
雲
湧出來
山的高領
被提著入海
金屬的輪迴
——蟲子啊
困倦的薄膜
打住

乾脆的光
晝與夜的鉤針
列隊兩排
風不哭
遠道而來

芒花

醒了之後
夢露出來
床那樣抽長
度量
白色的火光
大口咬
太陽是縫
日子伸手
將我們折疊
——遮過去

古老的
雨季
河道上堆滿枕頭

在河床

下雨
透明棉被
鋪張
移動
中斷的針
停著縫
把二月掀開
冷的時候
抱擁石頭

繞

瓜藤
連夜
房間舒卷
軟拍子
彼此攀爬

奔馳的睡床

肯定玻璃
否定觀看
肯定睡眠
否決夜晚

累是一根中空管
我們把它扛起
奔馳的睡床
穿過夢的針孔

當世界是長線
當我們是結

冬夜三帖

1.

一隻螳螂擋在門口
於是我在冬天繞路

2.

在平均深的夜裡
感到無上焦慮

3.

我只想看冷把一切籠罩
而籠罩裡有樹長高

翻身

1.

我常常問自己一些黑色的問題
天空那麼脆
有人在遠方擊球

2.

樹不影響
不斷垂降的星星
我總是撐傘
老是想放棄

3.

反覆睡了又醒
夜晚不規則地結晶
我想
跟一切都有關係

4.

愛一個人
如此失敗

5.

陽光走在尖銳的礦脈

反覆敲擊
這個世界對我
或我對這個世界
植物是鐵鍬
掛著昨夜輾轉的頭燈

就像我們也反覆地進出我們的衣服

揣摩一顆果實
在十月的末梢凝望床尾
一整排衣服跟星星一樣糾結且寡言

很多事情凌空飛過
像秋天離地的葵花田
像秋天離地的葵花

為什麼我在秋天覺得危險
能有什麼區別

我想那是夜裡沒來由不甘心所有的擦撞和抵抗拜訪和張望
「真好我是所指你是我的能指」

一起為了意義偏廢
造一座早晨的橋
經過黃昏的平交道

留下規律的節奏
太陽按著身後我們的影子
一台砰砰的針車開過無雲的草原

關於那些殼狀物

不斷有球掉下來
有些有彈性
有些小
有些陽光在其中
感覺到生長
結蛹
世界的蜂巢
有時候難免是毀壞的
因為有些好
蜜是伏流

缺口是井
必要時時坍方
必要深
像一個琴鍵搭配踏板
走起路來
搖搖晃晃
但只有前進的步伐是應許
憂傷的木馬
在無樹的荒原站立
有時金黃
有時堅硬
我有一首詩
放在夜裡

空空蕩蕩
沒有人為它安弦

回來

我像一個電台
我像一根針
我像天線
我像風箏
我像一個下午
我像早晨
我踩上一張凳子

走進火車
我東搖西晃

我把行李箱打開
裡面有一個月台
我走出去
我見到一片海
但我搞錯了

我走回去
回到陽台
我看到馬路那麼長那麼遠
我常常只走到一半
我常常回來

船

溫暖的我的河口
太陽經常
變成月亮

你在遠方沉沒
我經常伸手
往船下打撈

船不時盈缺

我總是遇見水面

守望

長路之餘
跟自己交換
更長的時間裡
在另一個房間
我也把你
放進客廳
像蘭花也像
幫浦
夜晚的尋常路線
龍魚巡邏的第三圈

對準

有人曾拉著天空旋轉
那不是我
我看著你的時候
像島對準每一張舵
像舵對準手腕
手腕對準狂奔的黃昏

本事

生活將我的肝腦塗地
我答應它
黃昏是湯匙
我答應它
在臨走之前變得肥美
脂肪河
淹過死亡的味覺

一樣

瘋了一樣
唱歌跟跳舞一樣
我在酒裡面跟你約會
我開一台車子
傍晚撞進巨大的穀倉

火的運動

1.
火掉落在我們身上
裡面和外面都是灰燼
燒破世界的沙包，從裡頭伸出手來

2.
火像是睡著了一樣
我們的傷口是床
醒來時是窗戶

3.

火不停地運動、火擺盪鞦韆
鞦韆盪過了山頭
被另一個運動接走

三竿

走到邊陲
葉子的末梢
路那樣生長
不動
光向地面潑漆
暈眩
壓垂枝條
硬金色
如火一般測量
黃昏的

腿脛
小的廣場
被房間圍繞
靜止的時候
不斷涉足

摺紙

宇宙是黑色的
摺紙
當我祈求，
宇宙正
凹折出翅膀——
太初有洞
神往裡面吹氣

2020

長長的橋倒臥
在經過山谷的時候
佛的鼻息
河流
溪石滾動
一座島嶼
托起月亮

草原似海
漫長的

鐵軌往回捲動
我是放映
我是
透明的煙囪
早晨通過我
我是黃昏

我是深深的眼睛隧道
雪白的鳥
抬頭
看見有雲進出
有
閃電敲門

穿過一整個時代
曾經有人
接起電話

（桌上的黑盒子）

熱帶魚

我也像彈珠一樣去過
那麼遠的地方
感受荒謬
像感受沙灘

滿天的星星像太輕的砂粒不斷往上

於是我也像在水裡
我也像一隻熱帶魚

在傍晚的時候也感覺到潮水
像車奔馳過公路
在夜裡也感覺到下腹灼熱
發狂地找
彩色的卵

平靜的睡著的人
留下一張書桌
閃爍的機台
被綁架的人終於還是回來
像清晨一樣回來
清晨風裡頭藏不住的氣味

氣味裡藍色的發財車
跟我一起行駛
在往聯考的路上那樣子落枕
或是昨夜百無聊賴的高潮

蛇終於穿過所有的巷子
夢回到台北
台北像一台映像管電視
那樣參差而矇矓
誰曉得結局沒有在轉台後偷偷
轉了奇怪的方向

我愛上一個人
為此生長長的悶氣
其他的魚都長出翅膀飛走了
許多年後我才知道
其實大家也都這麼覺得

——記二〇一九年十一月二十九日於水源劇場，野火劇團《熱帶魚》

兩個女人

故事是這樣的
關於一個房間
放著兩個女人

水有時高有時低
水有時候超出流理台
男人在水裡前進
水在男人的身體裡
只好不斷擦地

一塊花布擋住窗戶
女人的手
女人的腳
女人的
眼睛穿過一整棟社區大樓
女人擁有一座公園

公園裡的遊樂場的女孩

被木馬旋轉
被船海盜
被車廂高高舉起

進入杯子變成咖啡

變成一個早晨

故事是這樣的

男人準備為了上班出門

為此椅子只留一個女人

——記二〇二〇年十月十六日於樹林藝文中心，

娩娩工作室《Play Games》

場

我站在這個位置反
覆的反
覆的反
覆的乒乓球
反覆的
反覆的
反覆的乒乓　球
像一顆蛋一樣地擴張終於孵了出來

在一連串的暖身以及拉扯
搬動自己的筋骨
以及自己筋骨上虛弱的植物

桌面以及脊椎
滑行的辦公椅不斷往前撞上球網然後反彈
我的白色馬克杯
我的老闆沾上我的漬我的

一場日光燈秀
二次運球
每一個黃昏不斷
碰的一聲

被吸進捕手丘

碰的一聲
內塌又瞬間迸射的滑石粉
我的宇宙我的愛人
我的動作充滿輻射

我的肱二頭連接著前臂到達
手指的紅色縫線的球體
不斷往前

噴射所有的規訓都在那裡一次性下墜
——我的男人女人我的二十一世紀

撞破輕鋼架天花
——我的脛骨我的性器我的腹斜肌
撞進辦公室一次彈起
一萬顆乒乓球
以及接下來那一秒之內瞬間的收攏
一萬次砲擊

——記二〇一九年十二月十二日於水源劇場，動見体《戰+》

花田

「怎麼也不知道
春天 看不見 只有一次
花全開了
開得到處都是
後來就很孤單」

——顧城〈麥田〉

赤腳穿過花田
花是有高低的

一直走
直到花把我們淹過
都沒有發現

愛是一種地理誌
一隻新的鳥
向一個新的人啼叫
（你知道嗎那個男人
穿過了整個泰緬）
長出一棵新的樹

上頭有樹屋
大的樹屋可以安一個爐子
小的用來收納貝殼

貝殼裡有種籽
那一年海帶來了漫山的罌粟
男人帶來了旱地、星星
和他的眼睛

（你怎麼即將愛一個男人並跟著
撿拾他的等高線）

他夜裡的那些行走

以及睡眠
他白天裡的那些行走
以及睡眠

他所找到的邊際
河的座椅
那些身體都曾經休息

（以及你的身體
和你的身體開始流竄的小溪）

穿越不停的高地
高地有一對輪子

石頭都重新滾動
愛是行走
如此緊繃

你記得男人的頭髮
他背上的下午
以及他腳背的山頭

——記二〇二〇年十一月二十九日於中壢五號倉庫藝文基地，慢島劇團《高地來的男人》

祝你幸福

航程還在空中
水龍頭不斷地洩漏
這樣一個下午
我祝你幸福

送你一份愛的禮物
水淹到我的桌腳
床漂浮起來
飛鏢早已抵達牆上標靶的
登機座位區——

莫忘了我的祝福
（就連那場告別式也不例外，
北安老師。

傍晚的雲被匆匆拉走
那麼一大片橘色
方向盤
在咖啡杯裡左轉之後右轉

北安老師，
我們都知道我們並不是要討論去向。）

於是我復又在昏暗的水缸裡躺下
我感覺到你
我穿你的衣服

新加坡。我想也許是新加坡
那個我們取消復又
取消的
旅途
那些恍惚的螃蟹
爬上我的書桌

成為光暈
我想也許就是成為光暈

在招呼消失之後
在攤位消失之後
我總在對鏡的眼神裡複習
（「要發揮你的智慧，
創造你的幸福。」

北安老師，
也只有你有台詞。
也只有父親擁有台詞。
在一個城裡的早晨開著車繞
遇見另一對

叫不出名字的父子

北安老師，
流轉不急、
流轉也在打檔裡往復。）

還能有多
逼近呢？
或者我們問還能多相似

我們跟每一個早晨借
我們往每個黃昏驅車

我們到每一座瀕臨的海灘
我們從來不坐下

就算母親又先了我們一步
我們有了背影
像是枕著候機室裡明亮的陽光
大片的落地窗

（你有任何想像嗎？
北安老師。

在王希文的吉他和王靖惇的魚缸之外
你有

自己的樹嗎北安老師

我坐在實驗劇場的座位上
被灌木包圍
裡面有些果子

果子是灌木對時間的想像
好比梯子
一場戲搭在昨天和明天中間
北安老師
我聽見其他觀眾都這樣叫你
我們也都懷著自己的果子）

如此美好
像所有的橘黃逼近一顆夕陽
像所有的房間都是日子的水缸
承接你的花灑
我的透明的傘骨

在你穿過長長的航廈之間的走道的時候
祝你幸福
在我穿過長長的航廈之間的走道的時候
祝我幸福

——記二〇二〇年七月四日於國家兩廳院實驗劇場，
王靖惇《如此美好》

愛人骨頭

下午

流浪的火
看時間
一個城市的
燃料
人力扛金色時針

艱難的
今天擠入
骨節——
明天擠入

骨節——
曬瘦的陽光
劈哩啪啦響
傾頹的關節
還在轉動
剛做完愛的遺址
接近三點鐘

田埂

年輕的
身體走過小溪
很多東西印在身上
時間把它們搖曳
我是河流
時間是島嶼
你是昨天

昨天是僅剩的
是彙整的

是所有布匹變成補丁
攤在地上
像陽光曬熟一畝田
長出傷痛的稻子

總得有人採
烏雲正收割
稻子是紅色的
故事是荒廢的
我走過長長的田埂天色暗下來
有人對我說話
我聽不清

出口

光把牆還我
把洞穴
以鑿子
世界是一個火盆
我是一個方體
密閉的
炭火與樓梯
月亮是太陽的煙
瀰漫過來
窗戶伸直雙腳
變成透明的門

保守

我有一個明天
我隻字不提

窗戶

我有一扇窗戶
我習慣從這裡看出去
偶爾鳥從
這裡飛進來
啣走金色的鉛

我想起你

我想起你
所有的雷
都在遠方行走

我想起你
花安放在花瓶

我想起你
一整座森林
有一隻鳥飛過火焰的上空

小別

你總是分開的
你回來之後
我盯著你
把他們黏合起來

旱季

昨夜雷聲
石頭滾動
暗紅色的
霧被移開
心臟露出來

呻吟

愛的時候
骨頭打開
醒來之後
骨頭摺回來
一個空間
在裡面放碗
那麼深情
背拱起來
用身體裝飯

和室

我喜歡早上
我討厭早上
早上有一種特別的聲音
穿過你的身體
特別明亮
發出木地板的聲音
如果你不在
就發出拉門的聲音

我只有一個壁櫥
一張棉被
醒來之後，只能看向同一邊

玩具房

我總是這樣想
是我把你借給他們

這讓我想到許多
我珍惜的東西
我的書我的
植物我的狗
是我把你借給他們

再見到太陽的時候
我常常心碎

向晚行走

涼的時候感覺到風
的身體
那麼健全的
哀傷
四肢鼓脹
死在我們裡頭飛翔

果殼

找一個地方把自己窩著
除了果殼
是的
我就是來這裡迎接天黑的

掙扎

風推我心底巨大的悲傷
風推我心底巨大的悲傷
頭髮都亂了
風推我心底巨大的悲傷

我有一顆石頭

風讓開路
我有一顆石頭
沒有人借過
沒有人還

半途

一整個下午
殘忍地鎖
入侵太陽
每一朵雲都摔破
都是不到的樓梯

豎井

火走過隧道
從別的器官冒煙

鐵番茄

鐵紅色的番茄
在十月生鏽
老的農夫
將自己鋤起
憤怒被細細地翻過
晝夜的蟲
啃我的蔓藤

睏倦

撫摸夜的毛皮
多麼睏倦
黑的眼瞼
月亮來回搜刮
割破之
割破之
而意識泄漏
白晝是破損的機艙

閒愁

悲傷的時候
我的手肘有一顆月球
我看著別人說
算了
我蒐集過

（光線剛好淹過我
身體是膠水
悲傷緩緩與我分脫）

——巨大的集郵冊
我見過我哭泣
我見過我
難以分說——
只好一次性濕透所有的關節之後
等月亮走

道別

天空壓到最低的時候
邊邊鬆脫開來
開出花來
四散的我的四肢
舉起手來
地那麼軟
我向你道別

九歌文庫 1361

愛人蒸他的睡眠

國家圖書館出版品預行編目 (CIP) 資料

愛人蒸他的睡眠 / 陳顥仁著. -- 初版. -- 臺北市：九歌出版社有限公司, 2021.09
面； 公分. --（九歌文庫；1361）
ISBN 978-986-450-362-9（平裝）

863.51 110012795

作 者——陳顥仁
責任編輯——鍾欣純
創 辦 人——蔡文甫
發 行 人——蔡澤玉
出 版——九歌出版社有限公司
台北市 105 八德路 3 段 12 巷 57 弄 40 號
電話／02-25776564・傳真／02-25789205
郵政劃撥／0112295-1

九歌文學網 www.chiuko.com.tw

印 刷——晨捷印製股份有限公司
法律顧問——龍躍天律師・蕭雄淋律師・董安丹律師
初 版——2021 年 9 月
定 價——300 元
書 號——F1361
I S B N——978-986-450-362-9